JN183995

句集

流灯

加来靖生

文學の森

序

「雪解」の各地の句会の中で、広島雪解句会はその成立に大きな特色があります。誌友の大方が、元女学校の同級生およびその関係者で構成されていて、現在に至っております。その女学校の先生であって、皆吉爽雨時代の「雪解」の有力同人であった加来金鈴子さんは、赤松蕙子さん他多くの優秀な詠み手を育てられましたが、その金鈴子さんの次男である靖生さんがこの本の著者であります。

お父様である金鈴子さんの下に集まった俳句熱心な人達の影響で、またお母様のふさえさんも兄の義明さんも俳句をされるという環境から、靖生さんは幼い頃から俳句に馴染んでおられました。次の句は昭和二十六年、まだ俳句に対する思いの定まっていない小学生の頃のものでありますが、すでに立て付けの良いところを見せています。

らふそくの灯のあかあかと初湯かな

父・金鈴子、母・ふさえ、兄・義明さんで昭和四十三年には『三絃』なる家族句集を出されるという俳句的環境は申し分ないもので、当時「雪解」誌は四冊とっていたということです。六歳上の義明さんは早々に俳句にかかわるようになっておられましたが、その後の靖生さんは学生時代に知った合唱の方への関心が深く、なかなか俳句を作り続ける決心には至らなかったようです。

教師なる父に目を伏せ大試験

旅人の声はたと止み行々子

乳母車押すに若葉の吾子を染む

新樹下を行く子の足のたしかなる

秋めくとふらここ遊び子を膝に

父と子の引く手にあがり奴凧

幸せな家庭に育った靖生さんが、結婚をして、生まれた子供にも自分が受けた愛情と同じほどの愛情を捧げておられた様子がうかがえる句の数々です。

そんな何一つ困難なことなく育ったような靖生さんではありますが、昭和二十年、終戦間近の広島に落とされた原子爆弾の記憶は終生忘れられないトラウマとなっています。それは当時女学生だった広島句会の誌友たちが労働奉仕先で経験したことでもあって、誌友たちは揃って原爆手帳を持っておられます。

法師蟬鳴く坂道を登りきる

流灯のゆれつつ岸を遠ざかる

被爆秘す月日古りけり広島忌

昭和四十六年に金鈴子先生が逝去され、平成になってお母様であるふさえさんが亡くなられ、その頃「雪解」の主宰は井沢正江先生となっておられましたが、合唱活動に熱が入る一方で、俳句への思いはあまりないまま歳月は過ぎてゆきました。

納骨をしかと見とどけ秋暮る

母と子の忌日の写経梅雨の灯に

父の名を記す流灯ゆきまぎれ

上京の母の臥床は雛の間に

しかし、そんな日々にも「雪解」への投句は欠かさずに行っていたことは、やはり俳句と細い糸でしっかりと繋がっていたことの証でもありました。

葡萄狩食べ放題の鋏鳴る

鰯雲鳴り物もなき二軍戦

花の雨塗装作業を中断す

ＳＬのゆるりと停まる花の駅

六月の水槽に蝦蛄返り

そんな靖生さんに「雪解」三代目の茂惠一郎主宰が声を掛けられました。住まいが八王子であったことから、主宰が立ち上げた八王子句会への参加を促されたのです。ここから靖生さんの本当の意味での俳句生活が始まったとみるべきでしょう。長く勤めた銀行を定年退職された好機でもあって、以後数々の首都圏の俳句会に出席するようになり、若手として結社の数々の役割を担うようになっていきました。

平成十二年、「雪解」同人総会が宮島で行われました。赤松蕙子さん主導の広島雪解句会が担当でしたが、その会の実働は靖生さんのお兄様である義明さんが中心でした。広島雪解句会は金鈴子先生の長男である義明さんに大いに期待し頼りとしていたのですが、この同人総会の後、医療事故であっけなく亡くなられてしまわれ、地方の有力な若手を失ったということで、広島はおろか惠一郎主宰にとっても、この出来事は大きな痛手でありました。

御師宿の一泊吟に夜鷹鳴く
火祭やただ焙られて歩きけり
山消して御山洗の緩急に
竹伐の音抜けて来る雑木林
右回り左回りに馬場小春
冬ざれの山に並びし土葬墓

平成十五年には俳人協会会員となり、この頃は俳句の旅に加えて音楽での旅も多く、また通信句会での事務的な役割を担うなど充実した日々でした。俳句にも、本人の潜在的な持ち味が出てくるようになって行きます。

春節祭四門の外は港町

白鳥の恋や群から遠ざかり
屋島嶺のまことと平らに南風吹く
蜻蛉に蜻蛉の刻流れをり
扇置く異常気象もたたみ込み
風禍跡残し但馬の川涸るる
ベイブリッジくぐり燕の来る港
子鴉の捕へし蚯蚓すぐ落す
冬怒濤水平線の躍動す
凍解や水車リズムを正しけり
棕櫚の花港に明治の写真館
潮の香のデッキに憩ひソーダ水
懸大根細り里山よく晴るる
夫は句座妻は薙刀みどりの日

俳句はもはや生活とは切り離せないものとなり、演奏旅行先でも積極的に詠まれました。

芽柳や堤防低きライン川
外つ国の凱旋門ぞ初桜
ウィーン黄金ホールに歌ふ松の内
ドナウへと鴨の棹なす国境

生まれた地・広島は、父母や兄と共にあった靖生さんの俳句のルーツでもあります。その広島への思いは強く、現在も広島句会の会員でもあり、句会への欠席投句は欠かさない靖生さんです。広島を詠んだ句に思いの深さが見えることは当然のことです。

ふるさとは稲荷祭の浴衣の夜
熊蟬の声も中継広島忌
盆の月ふるさと離れ四十年
碑に花の絶えざる広島忌

蜩の山ふところに帰宅せり

両岸に熊蟬激し爆心地

広島の朱夏に歌はんレクイエム

本会に次ぐ会としている横浜句会では、数々のイベント、「雪解」誌校正、発送など重要な業務を分担し、貴重な働き手として欠かせない一人となりました。俳句研鑽は熱心で、自然界、人間界での出会いの尊さ、感謝の気持を、素朴な心、偽りのない言葉で詠んでいることがよく思われます。

春節祭路一杯に龍の舞ふ

初蟬と日めくりに書き一日終ふ

数へ日の汽笛に飛鳥Ⅱ出港

越前の滅びの史跡巡る秋

天空の山城跡や冬木の芽

牡丹鍋花の崩れのそれぞれに

電波塔建築半ば風光る
蜩にひぐらし応へ峡の里
里祭子ら満載に山車戻る
里山の一歩一歩に残る虫
本線と言へど単線山眠る
水鳥の風に押されて向きを変ふ
ララ物資着きし港や柳に芽
那谷寺の寺領一歩に秋気あり
岩窟の中に本殿秋の声

研修会で、吟行会で詠まれた句には豊かな情感があり、調べもよく、その時に感じた詩ごころを力まずに詠まれています。

吉備の田の鋤き均されて田植待つ
灯心草小さき花に小さき虫
川幅を使ひし越の下り簗

春泥を削ぎ落し靴軽くなる
はんざきの丸まつてゐる花の冷
廃校の近き分校山笑ふ
下校子の道草春の多摩川原
湖畔宿芝の起伏に名残雪
丸岡城シルエットなり秋入日
展帆の綱引く声や秋気澄む
どんぐりを一足ごとに踏む城址
本尊は黄金仏なり黄落期

作者の住む八王子は、都心とは三度は違う寒さなのです。八王子句会の吟行地の一つである片倉城跡は、ひとたび雪が降ると結構な量となり、それが無くなるまでに時間がかかる、そんな環境を衒いない句に仕上げています。

つくづくと山国住まひ春の雪

山水に濯ぎぬ桑の実食べし指

対象を克明に、見えぬものを凝視し、ものの本質を把握しようとする著者は、時には融通の利かない異人種として見られることもあるようです。しかし、それは物に対する思いの深い部分が、納得をして事を行いたいというかたちに出た、靖生さんの真摯な人間像の表れではないかと思います。

秋蟬のるつぼと武蔵一の宮

登高の視線の先に遺産富士

落葉期ベンチに一人づつ静か

霜柱踏んで富士山見えるまで

鳥の巣を仰ぎ山門くぐりけり

青筋鳳蝶一つあがるにもう一つ

白日傘廻らぬ水車見てをりぬ

短日の大事一つに終りけり

恵まれた環境に育ち、入るべくして入った俳句生活での長い研鑽で、諷詠の対象もますます広くなり、当然表現にも多様性が見えてきた靖生さんです。日常に身を置きながら日常を越えた句を作ろうという姿勢も見えます。その真摯で穏やかな作風を大切に、今後も健康に留意して益々の研鑽を祈って止みません。

平成二十八年三月

古賀雪江

句集　流灯――――――――――――目次

装丁　三宅政吉

句集

流灯

流灯

昭和二十六年〜六十三年

らふそくの灯のあかあかと初湯かな

教師なる父に目を伏せ大試験

旅人の声はたと止み行々子

乳母車押すに若葉の吾子を染む

運動会よその子ばかり走りをり

薬飲むことに追はれて風邪ごもり

新樹下を行く子の足のたしかなる

秋めくとふらここ遊び子を膝に

父と子の引く手にあがり奴凧

白木瓜の咲き満つ丘のわが新居

法師蟬鳴く坂道を登りきる
こほろぎの鳴けりいつもの石垣に

流灯のゆれつつ岸を遠ざかる
ふるさとは稲荷祭の浴衣の夜

柩持つ手の汗拭ふこともせず

父逝きし夏昇格の辞令受く

納骨をしかと見とどけ秋暮る

服に名を書きて入園待つばかり

母と子の忌日の写経梅雨の灯に

牧場も宅地に変り原爆忌

よその子に吾子のまぎれて運動会

手づくりの寿司に彼岸の旅をゆく

母の日の妻に午睡のひとときを

父の名を記す流灯ゆきまぎれ

雛飾る入学を待つ机の上

上京の母の臥床は雛の間に

三人の子と入る初湯あわただし

霜柱きらりと光り地にかへる

母と子と旅の終りにメロン食ふ

東京タワーはるかに見やり盆踊

点字には点字の返書春近し

半ばより妻も加はり雛納

連休のトランプ遊び春炬燵

梅雨晴間父の遺影の塵はらふ

風呂よりの子等の合唱秋近し

髪刈りて卒業式を待つばかり

糸吐いて小さき身となり繭むすぶ

短夜を到る訃報に寝もやらず

汚れなき雪にかまくら仕上げたり

春めきてギター弾き初む二階の子

猫の子の一つ乳房をうばひあふ

幹をかへ枝をかへ蟬鳴きつづく

訪ひて団欒の間に聖樹見ゆ
コーラスに終る宴や里の秋

広島忌

平成元年〜十五年

一月八日

平成の初日氷雨の降りつづく

父の日にブルーベリーの鉢もらふ

轍跡石の街路に春時雨

仕丁雛足を組むもの伸ばすもの

幹や枝に発止発止と梅の花

辣韮掘る夫婦の見えて土佐の旅

　広島忌

太鼓打ち博多山笠走り出す

一日の汗の始まるうなじかな

梅の木を廻る踊の輪となりぬ

被爆秘す月日古りけり広島忌

葡萄狩食べ放題の鋏鳴る

鰯雲鳴り物もなき二軍戦

木霊して手斧始の斧九度

料峭の土手に眺むる日暮富士

デパートの一角緋色雛の市

花の雨塗装作業を中断す

ＳＬのゆるりと停まる花の駅

六月の水槽に蝦宙返り

　広島忌

黒南風やサーファー波を捉へかね

毒蛾くる窓開けるなと島の宿

蚊遣置く島のホテルの露天風呂

朝刊が昼着く宿や秋深し

秋晴や駅鈴の音高く鳴る

秋の蜂岬のバスに迷ひ込む

月満ちて鶴の万羽の里照らす

暁の天地に満つ鶴の声

57　広島忌

餌場へと朝を飛翔の親子鶴

黄砂降る北京の空は凧揚ぐる

長城の果に長城春霞

校庭に団地に川に花の雲

広島忌

御師宿の一泊吟に夜鷹鳴く

多摩川のカヌーコースに鮎を釣る

日本丸氷川丸観て船遊

熊蟬のシャワーあびゆく故郷に

火祭やただ焙られて歩きけり

山消して御山洗の緩急に

嫁姑並ぶ句座なり里の秋

竹伐の音抜けて来る雑木林

右回り左回りに馬場小春

爽やかに百済城址を抜ける風

鵲のとまる王宮大甍
冬ざれの山に並びし土葬墓

　広島忌

冬休み制服のままボート漕ぐ

蜻蛉の刻

平成十六年〜二十年

春節祭四門の外は港町
白鳥の恋や群から遠ざかり

かたかごや城山少し人を入れ

屋島嶺のまこと平らに南風吹く

壇ノ浦水上スキー反転す

船頭の涼しく立ちぬ屋形船

蜻蛉に蜻蛉の刻流れをり

旅鞄提げて踊りぬ風の盆

扇置く異常気象もたたみ込み

手の届く高さに傾ぎ新松子

椋鳥の群去り大樹かるくなる

山裾の鹿垣墓地も囲みたる

魚跳んで鷗を立たす小春凪

風禍跡残し但馬の川涸るる

閻王に手厚き供物初閻魔

ものまねに鴉も応じ冬うらら

汗の手にコアラの重み受けて抱く

三つ星と南十字に銀河濃し

弥陀堂に光あつめて寺長閑

ベイブリッジくぐり燕の来る港

声のして雀のこもる若楓

老鶯を日がな聴きつつ畑仕事

黒南風や風車重たく回りをり

梅雨湿り鴉重たく枝に乗る

子鴉の捕へし蚯蚓すぐ落す

花時計被爆時刻を指して夏

秋の蚊に刺さるともなく刺されけり

穭田に人も鴉も下りてをり

行く秋や水面に月と五重塔

枯菊や葬りのありし人の庭

冬怒濤水平線の躍動す

閃光に猛りいや増し鰤起

夜通しに海逆巻くや鰤起

集落に人影見えず浪の華

冬ざれやいつもの杭に亀を見ず

馬の出ぬ馬場に雀と寒鴉

凍解や水車リズムを正しけり

ゆりかごのどこかのゆれて春眠し

花嵐鴉嘴鳴らしをり

棕櫚の花港に明治の写真館

潮の香のデッキに憩ひソーダ水

虫の音のもつるる暑き夜でありぬ

鷺草の飛びたてぬまま錆びにけり

バスツアー新酒の蔵に立ち寄りぬ

綱引の軍手配られ運動会

菊人形鎧の縅色の褪せ

ジェットコースター無人に上る空澄めり

懸大根細り里山よく晴るる

枯園を円く映せり神の池

風花や峠の向かう母の里

春疾風鴉煽られゐるばかり

岸の客拾ひつ花の川下る

芽柳や堤防低きライン川

外つ国の凱旋門ぞ初桜

越後なる十八夜月亀鳴けり

地下鉄に地上駅あり青嵐

山寺に声浴ぶるほど時鳥

無住寺を真中に伊予の田植時

無人駅また無人駅枇杷熟る

蜻蛉の同じ草へとまたもどる

万緑や山の奥まで蕎麦食ひに

熊蟬の声も中継広島忌

盆の月ふるさと離れ四十年

台風の眼にゐて熟寝せる輩

通り抜くのみの路地なり秋暑し

シーズンを終へし球場秋時雨

水行を前に御堂の落葉掃く

水鳥もカヌーもくぐる瀬田の橋

着ぶくれて鴨の諍ひ見てをりぬ

十間の川の中洲に葦枯るる

旅苞のドイツワインに屠蘇祝ふ

枯れきつてなほ金色に金鈴子

遠近に羽撃つ音あり春を待つ

旧正の街豪快に獅子の舞ふ

鯉の黒ばかりが屯川余寒

鶯のほどよき間合保ちをり

愛鳥日尾長騒ぐを許しやる

夕薄暑美観地区とは早仕舞

富士吉田駅の裏なる芒の野

富士よりの風に逆らひ秋茜

爽雨旧居今は公園風は秋

泰然と親子句碑なり秋高し

鳥渡る海へ一棹遠江

枯れきれぬままに蟷螂掃かれけり

冬ざれの運河に二羽の鵜の浮沈

猿を追ふ谷戸暮しなり大根引く

猿山に騒動もなく冬うらら

水仙を生業の糧に峡に住む

越前蟹耀なき漁港海猫屯

灯心草

平成二十一年〜二十五年

春節祭路一杯に龍の舞ふ

石館明治名残の春暖炉

鴨帰り沼は底ひを晒しをり

満開に桜今年も被爆川

百葉箱桜の下に分教場

宝前に土俵を残し花の寺

堂縁に置かれ札所の花御堂

夫は句座妻は薙刀みどりの日

田仕事の始まる裾野雪解富士

母の日の花鉢二つ届きけり

浜昼顔砂丘に道のあいまいに

初蟬と日めくりに書き一日終ふ

嚴島神社　二句

管絃祭汐満つまでの午下の閑

廻廊に憩ふ舟方管絃祭

日蓮の説法の辻藪からし

海寄りにみんみん山手に法師蟬

越前の滅びの史跡巡る秋

行く秋や薬師寺の塔見え来たり

秋晴に大秋晴の句碑を訪ふ

鑿を研ぐ仏師の弟子や今朝の冬

天空の山城跡や冬木の芽

牡丹鍋花の崩れのそれぞれに

手順なくこなす雑事や年の暮

数へ日の汽笛に飛鳥Ⅱ出港

昼飯にうまい駅弁小正月

門ごとに雪掻く音の一斉に

春興やいるかを追うて観光船

海苔篊へ干潟の伸ぶる有明海

電波塔建築半ば風光る

お彼岸のおはぎを提げて秩父より

満開の花の港に飛鳥Ⅱ

キューポラの名残の街や鼓草

貸ボート開店休業さくら冷

万緑の城址に紅白橡二幹

初蟬や弁天堂へ橋渡る

青田風二上山へつづく道

寺内町風鈴一つ鳴りにけり

あてまげの路に迷ひぬ花柘榴

生物を草に沈めて山土用

蜩にひぐらし応へ峡の里

火伏砂軒に大小鎮火祭

スカイツリーシルエットにす秋夕焼

海山を自在に往き来秋燕

客は皆甲板に立つ鵙日和

里祭子ら満載に山車戻る

里山の一歩一歩に残る虫

大川のベンチに長居秋惜しむ

菊日和金の鯱揚ぐ烏城かな

鎌倉も奥なる寺に鼬罠

本線と言へど単線山眠る

沼杉の落葉の嵩の池巡る

水鳥の風に押されて向きを変ふ

白れんの冬芽するどく太りけり

横浜港白く耀ふ冬日和

街師走犬とぶつかる曲り角

飛鳥Ⅱ入港天皇誕生日

寒風や雀籠りて樹の膨る

東西の塔を遠見に冬耕す

忽然と法起寺の塔梅探る

行瀧の水の細りぬ山眠る

干菜汁鶏小屋は棟続き

絨毯と芝生を往き来祝の人

紅梅の下枝上枝と目のおよぐ

大寺に造園工事寒明くる

蒸籠噴く春の霙の中華街

啓蟄や俳句文学館に蟇

ララ物資着きし港や柳に芽

春眠の夢を追ひつつ又眠る

人力車新車の走る木の芽風

水音の高きに太る葦の角

花の昼ハンバーガーの店に列

水上バス上り下るや花の昼

沼杉の芽吹きに濃淡ありにけり

花筏分け鴨の水脈舟の水脈

大潮に八十八夜の堀うねる

対岸の闇深まれり河鹿宿

蔵町に白雲木の花の寺

今日少し良きことありし新茶汲む

大川を使ひし転舵夏の潮

鰻田の廃れ棲みつく牛蛙

夏の雲映す大川スカイツリー

船溜り薄暑の海月裏返る

露けしや横一列に兵の墓

世田谷に渓谷のあり秋の蟬

放牧の馬の尾を振る花野かな

災禍跡残る池畔に彼岸花

ジャンボ機の離陸着陸鯊日和

白山はあの辺りとか鳥渡る

那谷寺の寺領一歩に秋気あり

岩窟の中に本殿秋の声

鉦叩日がな叩きて暮れにけり

合戦の跡の標や山眠る

築山の容のままに銀杏落葉

波頭冬の日返しては寄する

落葉期弁天堂の朱の褪せて

寒さうに吹きつつ曝しの露店守る

枯れ尽す天目楓高源寺

ウィーン黄金ホールに歌ふ松の内

ドナウへと鴨の棹なす国境

寒晴や枝高々と金鈴子

四温晴鵯も鴉も息を抜く

雪吊の天より朝日射し込みぬ

ふくらみし影を啄む寒雀

寒明くる煙はなべて横流れ

木の芽冷墳山鴉鳴くばかり

雪解水堰落つ音となりにけり

庭先に一声のあり初音かな

黒門と赤門のあり花の寺

切れ目なく杓の触れ合ふ甘茶仏

井之頭線窓一杯に花の雲

霞みたるスカイツリーに向けて舵

里山を折り返すとき牛蛙

平城も山城も吉備万緑裡

吉備の田の鋤き均されて田植待つ

灯心草小さき花に小さき虫

旅戻る植田となりし相模の野

横浜にカッターレース南吹く

単線の植田真中に擦れ違ふ

学習田等間隔に田を植ゑる

初扇爽雨染筆なりしもの

熊蟬のシャワーの中にドームあり

墳山の奥の奥まで秋の蟬

新宿に迷ひ秋蟬やかましく

富士裾野マラソンのあり花野中

風は秋山手の丘を郵便車

川幅を使ひし越の下り簗

とんぼうの影を水面に反転す

せせらぎに蜻蛉の影魚の影

吹き溜る木の葉の嵩や翁の忌

一舟を沖に相模の小春凪

大綿や翅音のありて高浮び

公園に人気のベンチ日向ぼこ

蓮枯れて隙間だらけの田となりぬ

東京のビルの容に初茜

佃より豊洲へ歩く寒日和

寒卵カレーライスに一つ添へ

雪吊の影のやさしく春隣

蕉翁の旅立の岸青き踏む

冴返る港鷗の胸膨れ

春節の雑踏逸れて大道芸

俳誌雪解八百号の春来たる

鎌倉を足の向くまま梅見かな

春泥を削ぎ落し靴軽くなる

廃校の近き分校山笑ふ

柳の芽啄み鴨の揺れてをり

墨堤に船の往き来を見て日永

花の雨強行されし歩かう会

下校子の道草春の多摩川原

せせらぎの音消すところ花の屑

海へ向くラジオ体操夏隣

雀がくれ少しはみ出し土竜塚

老鶯の遠音聴きつつ庭仕事

薫風や港にベンツ試乗会

小鰺刺二羽となるとき声たつる

豪華船一泊に消え青葉潮

夏芝居おどろおどろに始まりぬ

座敷の灯消して山田の誘蛾灯

黒南風や何時もの場所に巡視船

ミサ開始告ぐ鐘涼し礼拝堂

葦茂る世界遺産の湖広し

街路樹の根方に水をやる残暑

吊り残す秋の風鈴佃路地

丸岡城シルエットなり秋入日

曼珠沙華畦の形に彩れる

展帆の綱引く声や秋気澄む

虚栗蹴飛ばしてゆく雑木林

どんぐりを一足ごとに踏む城址

本尊は黄金仏なり黄落期

椿の実をポケットに旅終る

黄落期銀杏並木の先は海

六甲山靄に包まれ眠りをり

仏師の家時雨に雨戸固く鎖す

冬ざれや急坂多き一谷

小春日や家族総出の太公望

枯れ尽す沼杉映し沼寂ぶる

子供らと箒星観る着ぶくれて

信号の青に白息動きだす

焼藷の匂をさせて野菜売る

春の雪

平成二十六年〜二十七年

遠く鳴る非常サイレン寒き朝

下草の刈られし城址冬日燦

靄の富士遠見に大桟橋余寒

つくづくと山国住まひ春の雪

残雪の隙を啄む街の鳩
搔い掘の池の底なる残る雪

飛鳥Ⅱ戻りし港鳥帰る

春雪のかしこに残り浅間社

湖畔宿芝の起伏に名残雪

花の昼シーバスどつと人を吐く

皇居前広場の空を初燕

百八の磴ある山路百千鳥

はんざきの丸まつてゐる花の冷

鶯に応へて吹けり口笛を

均されし城址の畑や揚雲雀

初夏の霞ヶ浦に真帆片帆

若葉冷かもめ去にたる隅田川

夏蝶の高さに伸びし草の丈

山水に濯ぎぬ桑の実食べし指

一声に続き鳴き出す夏蛙

天井の龍の寂びたる黴の寺

汽車道に青筋鳳蝶梅雨晴間

何となく狭し青水無月の庭

萍の中より浮かぶ鯉の口

手の届くところに団扇置きごろ寝

河童忌や水禍の騒ぎ東京に

真昼間の熱気いや増す油蟬

両岸に熊蟬激し爆心地

碑に花の絶えざる広島忌

鯛の山ふところに帰宅せり

雨をつきよさこい踊始まりぬ

隠岐の島明日は八朔牛相撲

テレビ消してより虫の音近くなり

秋蟬のるつぼと武蔵一の宮

秋興や盆栽園をはしごする

盆栽村どの筋とるも新松子

登高の視線の先に遺産富士

一口の菊酒に酔ひ句座楽し

蓑虫の糸ゆれるとき光りもす

大井川河川敷なる運動会

初冠雪御嶽山と富士山に

小鳥来る忽と庭木を騒つかせ

藩庭に穭田のあり水車あり

蔵町の路地格子より秋灯

墨堤の風を聴きては秋惜しむ

涸れずある代官所井戸石蕗の花

実習船入港の波止冬はじめ

鶏を放し飼ひする枯木宿

住吉社しばし枯葉の風を聴く

凩や予防接種の予約入れ

落葉期ベンチに一人づつ静か

太陽へ目つむる猫と日向ぼこ

寒鴉声もたてずに影落す

小綬鶏の声張る城址冬日和

霜柱踏んで富士山見えるまで

梅二月乗馬体験募集中

河骨の巻葉ほつほつ水温む

推敲に一息いれる桜餅

鳥の巣を仰ぎ山門くぐりけり

ケーブルの発車のベルや山笑ふ

寒暖のぶれの大きく春尽きぬ

醜草に根力のあり若草野

山門を抜けて薫風本堂へ

青葉して狭くなりたる井之頭

奥書院鳥語降りくる庭涼し

日の出まで涼しき風の湖畔径

青筋鳳蝶一つあがるにもう一つ

きれぎれの夢に目覚めし夏至の朝

白日傘廻らぬ水車見てをりぬ

大型船二つ大桟橋の夏

広島の朱夏に歌はんレクイエム

裏山は墓地のつづきに法師蟬

盆の雨東海道を靄ごめに
富士山へ山がかりなる稲の花

白山の裾に越路の秋収

爽やかや安宅の巫女の白袴

関跡の松葉に露の湿りあり

湖へ海へ棹なし鴨飛来

短日の大事一つに終りけり

すれちがふ墓参の母子年の暮

試飲とて着ぶくれの手を真つ先に

雨音を聞きつつ寝落ち枯木宿

朝な朝な但馬の里は冬霧に

句集　流灯　畢

あとがき

昭和二十二年、母の実家のある疎開先・熊野跡村（現広島市安芸区阿戸町）から山一つ越えた隣村、広島から山陽本線を東へ三つめの駅・安芸中野の中野村に親子四人で住むようになりました。

その農家の二階の一部屋で、父の主宰する新雪句会（広島雪解句会の前身）で多くの諸先輩が俳句に取り組む姿を見ていました。そこには時に、皆吉爽雨先生のお姿もあり、ごく自然に俳句に親しむようになりました。六つ年上の兄が、句会を手伝ううちに入門したのと違い、私は、入門がいつか判然としません。むしろ学生時代は合唱に夢中でした。

大阪勤務中、爽雨先生の岸和田句碑除幕式に父母と出席した折、先生から「もう少し真面目に俳句に取り組むよう」と励まされ、選集に投句を続けましたが、句会には時たま夜の新宿常円寺での本会と休日の吟行会に出席しておりました。

また井沢正江先生のご指導をいただくようになった頃は、仕事が忙しく選集投句を休むようになり、何かイベントがあった時に句帳を汚す程度でした。

平成十二年、六十歳で定年退職したタイミングに、茂恵一郎主宰から「雪間集」への投句を勧められ、津軽半島を吟行し句作を復活、選集への投句も再開し、広島雪解句会への投句も始めたその年の暮、兄が医療事故で急逝したのは痛恨の極みでした。関口あつ子さんが幹事を務められる通信句会に兄の抜けた後に誘われ、句会の事務などをさせていただきました。

現在は八王子雪解句会を皮切りに各句会、各地の吟行会、俳句塾等で研鑽を積んでおります。今後も俳句に重きを置きつつ、五十四歳から復活した合唱と二本立てでさらに実りある人生を目指したいと思います。
この度、今年が喜寿かつ金婚の年に当り、句集を上梓することになりました。古賀雪江主宰にはご多忙の中、再選、句集名、身に余る序文を賜り、深く感謝申し上げます。また「文學の森」の皆様には大変お世話になりました。有難うございます。

平成二十八年四月

加来靖生

著者略歴

加来靖生（かく・やすお）

昭和14年12月　広島市に生る
昭和26年頃より俳句にふれる
昭和58年６月　「雪解」同人
平成15年　　　俳人協会会員

現住所　〒192-0912
　　　　東京都八王子市絹ケ丘1-9-10
TEL＆FAX　042-635-3119

句集　流灯（りゅうとう）

雪解選書三五三
発　行　平成二十八年七月九日
著　者　加来靖生
発行者　大山基利
発行所　株式会社　文學の森
〒一六九-〇〇七五
東京都新宿区高田馬場二-一-二　田島ビル八階
tel 03-5292-9188　fax 03-5292-9199
e-mail mori@bungak.com
ホームページ　http://www.bungak.com
印刷・製本　潮　貞男
©Yasuo Kaku 2016, Printed in Japan
ISBN978-4-86438-561-9　C0092
落丁・乱丁本はお取替えいたします。